EME EDITORA

Uma editora que leva o Espiritismo a sério.

Solicite gratuitamente e conheça o catálogo completo com mais de 100 títulos da Editora EME:

Caixa Postal 1820 – 13360-000 – Capivari-SP – Fone/fax (019) 491 3878

Vida a Dois

EME
EDITORA

Edição e Distribuição:

EME
EDITORA

Caixa Postal 1820 - 13360-000 - Capivari-SP
Fone/Fax: (019) 491-3878

Jamiro dos Santos Filho

Vida a Dois

Capivari-SP
— 1997 —

Vida a Dois
Jamiro dos Santos Filho

5ª edição - setembro/98 - do 21º ao 25º milheiro

Capa:
Foto: Degiovani Lopes
Criação e arte: Matheus Rodrigues de Camargo

Ilustrações internas:
DR Perillo

Diagramação:
André Stenico

Ficha Catalográfica

Santos, Jamiro dos (Filho)
Vida a Dois, Jamiro dos Santos Filho, ilustrações/Danilo Roberto Perillo, Capivari-SP, 1ª edição 1997, Editora EME.
144 p.
1 - Sexo, família e educação
2 - Espiritismo - Contos Espíritas
CDD 133.9

Dedicatória

Acróstico para minha esposa

L *aços eternos me prendem a*

U *ma mulher fascinante, que me*

C *ativa e encanta com suas*

I *nesgotáveis e sublimes graças.*

O Autor

Gratidão

Só conseguimos concretizar esse trabalho, graças ao empenho de nossa meiga diretora espiritual, irmã Paula, e sua amorosa equipe: Armênio, Francis, Francisco, Nilo e Joel.
A todos, minha eterna gratidão.

O autor.

ÍNDICE

Em torno do livro espírita

(...)

O livro de arquitetura inspira o plano da residência.

O livro espírita ilumina a pessoa, para que a pessoa integre a equipe familiar sem fracassos desnecessários.

O livro de educação sexual informa, com segurança, sobre os fenômenos inerentes à vida genética.

O livro espírita imuniza contra as calamidades afetivas

(...)

Emmanuel (Chico Xavier)

Vida a Dois

O sexo foi colocado abaixo do cérebro
para ser por este conduzido.[1]

Joanna de Ângelis

(Divaldo P. Franco)

Um olhar entre a preocupação e a surpresa está fixado hoje sobre a instituição do casamento. A união saudável e respeitosa entre os casais, se fossem confirmadas as previsões de décadas atrás, estaria hoje reduzida a um velho baú de sonhos e trajes de ocasião, sujeitos ao deboche.

Surpreendentemente o casamento tradicional perdura, contrariando antigas expectativas e ostentando relativo sucesso em todas as camadas sociais, permeando várias faixas etárias. Mas preocupa, porque muitos de nós, por maior que seja o saber coletivo à nossa disposição,

---

(1) - Episódios Diários - Joanna de Ângelis - Divaldo P. Franco - Leal - Salvador-BA.

temos deixado de lado a essência da relação a dois, a qual se firma na constatação de que o bom caráter sempre será preferível à degradação, por mais bens materiais que esta nos faculte.

O casamento é uma conquista da humanidade que tem propiciado equilíbrio social e avanços consideráveis visando o conhecimento da natureza humana. Homem e mulher se unem e se reconhecem pessoas, predispostas ao amor, à grandeza das superações e ao prodígio da criação de alicerces para si e para os outros. Impõe-se a necessidade de aceitar "que a comunhão afetiva no lar deve recomeçar, todos os dias, a fim de consolidar-se em clima de harmonia e segurança". (2)

O autor deste livro nos coloca episódios embaraçosos na relação entre os cônjuges, destacando sempre que um casamento, para perdurar, precisa de ajustes simples e de cuidados especiais na **Vida a Dois**; que "antes de observar os possíveis erros ou defeitos do outro, vale mais procurar-lhe as qualidades e dotes superiores para estimulá-lo ao desenvolvimento justo".(3)

Waldeyr de Oliveira
(professor e revisor)
Capivari, 28/08/97.

---

(2) e (3) - Sinal Verde - André Luiz - Chico Xavier - CEC - Uberaba-MG.

1

Desentrosados

Pontualidade na Vida

Questão 911 - Não existem paixões de tal maneira vivas e irresistíveis que a vontade seja impotente para as superar?

— Há muitas pessoas que dizem: "Eu quero!", mas a vontade está apenas nos seus lábios. Elas querem mas estão muito satisfeitas de que assim não seja. Quando o homem julga que não pode superar suas paixões, é que o seu Espírito nelas se compraz, por conseqüência de sua própria inferioridade. Aquele que procura reprimi-las compreende a sua natureza espiritual; vencê-las é para ele um triunfo do Espírito sobre a matéria.*

Allan Kardec

---

* O Livro dos Espíritos, Allan Kardec, questão 911, tradução J. Herculano Pires, Editora EME, 1a. reedição 1996.

• Somos Diferentes

Reinaldo e Marina se preparam para sair. Eles foram convidados para o casamento de um amigo.

Após um rápido banho, ele vestiu-se. Está impecável. A roupa bem posta, a barba bem feita e todo perfumado. Com a chave do carro nas mãos, Reinaldo anda de um lado para o outro da sala. A todo instante olha no relógio.

— Vamos, Marina. Não podemos chegar atrasados...

— Calma, meu bem. Só mais um minuto e estarei pronta.

Ele espera. Passam-se mais 15 minutos, e nada. Reinaldo vai até o quarto e o que vê? Marina nem se vestiu. Está pintando os olhos. E mais uma vez ele pede:

— Marina, seja mais rápida...

— Já vou, já vou!

Ele sai do quarto. Vai até à sala e liga a televisão. Como é que pode demorar tanto? — pensa ele. É sempre assim. Com muito esforço, ele ainda se controla. Está impaciente e nervoso.

Mais quinze minutos e ele volta ao quarto. Quando entra, não consegue mais segurar a impaciência, pois ela ainda não está pronta. Então, fala exaltado:

— Marina, você me esgotou! Assim não dá! Eu não quero mais sair, está bem?

— O que é isso, Reinaldo? Você é muito impaciente, sabia?

— Impaciente? Estou esperando há mais de meia hora e você ainda diz que sou impaciente?

— É sim.

— Marina, é sempre assim quando vamos sair. Será que você não percebeu? Há anos é a mesma coisa...

— Olha aqui. Eu não tenho culpa da sua pressa, está bem? E tem mais: eu sou assim e vou continuar assim. Eu não vou mudar meu jeito de ser.

— Não vai mesmo, pois você é preguiçosa. E tem mais...

— E você é...

• • •

Reinaldo e Marina não foram ao casamento. O desentendimento ainda perdurou por algumas horas. Depois de muitas acusações e lágrimas, foram dormir.

Este é um casal desentrosado.

Desentrosados em seus respectivos ritmos. Ele, um pouco apressado, e ela, vagarosa.

Isso, em música, chama-se descompasso. É quando um dos componentes da orquestra acelera ou atrasa o ritmo da música que estão executando. E quando isso acontece, o que se ouve é um amontoado de sons, jamais uma música.

No Exército, os soldados ensaiam diariamente a marcha, principalmente através da cadência: um, dois, três, quatro. Depois de muito treinamento, eles desfilam de uma forma magnífica. Porém, se um desses soldados também adiantar ou retardar o ritmo de suas passadas, acontecerá o descompasso, e todos observarão que aquele pelotão está desentrosado.

Assim também é em nossa vida.

Precisamos coordenar nosso ritmo de vida; assim, com certeza, tornaremos as coisas mais fáceis.

Com o nosso cônjuge é da mesma forma. É claro que encontraremos casais que, mesmo com extremas desigualdades, se dão muito bem, porém isso é exceção e não regra.

Não estamos afirmando que seja indispensável que o casal pense e faça tudo igual, mas apenas destacando a importância de determinar juntos as metas, os sonhos, o lazer, enfim, o dia-a-dia.

Além disso, por mais que busquemos, jamais encontraremos alguém igual a nós, pois no Universo não existem cópias. Deus nos criou únicos, originais. Por isso, nosso parceiro tem, e sempre terá suas diferenças em relação a nós. No entanto, é exatamente essa desigualdade que nos faculta vivermos juntos.

Imaginemos um mundo com uma única cor, com todos os homens iguais, com os mesmos gostos... Seria bom se existisse um só perfume, um só clima? E se todas as frutas tivessem o mesmo sabor? Ah! Não seria nada bom, pois o melhor é poder escolher...

No livro Sinal Verde, André Luiz, através de Chico Xavier, nos fala: "Lembre-se de que as outras pessoas são diferentes e, por isso mesmo, guardam maneiras próprias de agir."

Então, o que vale realmente em uma relação é acertarmos o passo com quem escolhemos para viver quase tudo conosco. Se caminharmos juntos, no mesmo ritmo, as diferenças serão compensadas pela igualdade de nosso esforço em entendê-las e vencê-las.

Outro fator importante é que o ritmo ideal não seja determinado por um, mas descoberto por ambos. E quando ocorrerem os descompassos, que naturalmente surgirão, façamos como o comandante ao pelotão: "companhia, acertar o passo!"

Finalmente, a vida a dois é repleta de erros e acertos. Dizer como a personagem de nossa estória afirmou (que não iria mudar) é, no mínimo, não se importar com o futuro do relacionamento a dois. O correto seria ela se apressar um pouco mais, fazendo um esforço para que não ocorram, pelo menos freqüentemente, fatos como esse. Assim sendo, ela agiria de uma forma mais prática, mais objetiva, e por outro lado ele teria paciência em esperá-la.

Com jeitinho, sem menosprezar o modo de ser do outro, os passos se acertam, e noites agradáveis de passeio com quem amamos não serão prejudicadas por nós mesmos.

Para viver harmoniosamente com o nosso parceiro, não podemos fazer como os componentes daquela Banda de Música do interior. Depois de tocarem por alguns momentos, o maestro dirige-se a todos e diz:

— Companheiros, pelo menos toquemos a mesma música!...

Saibamos que a harmonia só se conquista depois de muitas batalhas, algumas vencidas e outras não. Porém, à custa de muitos sorrisos e lágrimas, certamente venceremos a guerra.

Depois de alcançá-la, veremos que valeu a pena.

2

O Esquecido

Fruto da Alegria

... "as almas nobres colhem no amor esponsalício da Terra o fruto da alegria sublime, cuja polpa o tempo sazona e torna mais doce, eliminando os caprichos transitoriamente necessários da casca".(...)*

André Luiz

---

* Sexo e Destino, André Luiz (Francisco Cândido Xavier e Waldo Vieira), Editora FEB, p. 43, 13a. edição.

• Detalhes

Sílvia está muito feliz.

Hoje é seu aniversário, e por isso o telefone toca a toda hora. É mais uma amiga ou um dos familiares, parabenizando-a pelo seu dia.

Todos a querem muito...

Alguns já avisaram que à noite irão até à sua casa para abraçá-la. Porém, um pouquinho de tristeza ainda está em seu coração. Roberto, seu marido, saiu cedo e nada falou... Será que ele esqueceria? — pensa. Não, não é possível...

Assim, ela passou o dia esperando a sua volta. Ele iria trazer flores como presente, era a sua esperança.

À tarde Roberto chega. Adentra a casa naturalmente, e diz que vai jogar bola com os amigos. Ela então pergunta:

— Você não vai ficar comigo hoje?

— Ah! Sílvia, já combinei com os amigos... E ficar em casa fazendo o quê?

Ele vai ao quarto, pega o tênis e sai, deixando-a mais triste ainda.

Já é noite quando ele volta. Porém, nota que há restos de bolo nos pratos e garrafas de guaraná vazias pela casa. Irritado, Roberto pergunta:

— O que aconteceu aqui, Sílvia? Você anda patrocinando festas em minha ausência?

— Meus pais, irmãos e amigos vieram abraçar-me pelo meu aniversário. Só isso...

Roberto, então, constata o seu erro. Busca consertar, mas em vão, pois Sílvia está muito magoada. Mais calmo, ele fala:

— Meu bem, por que você não me avisou? Você sabe, sou muito esquecido...

— No entanto, você não se esquece dos seus amigos e daquilo que lhe interessa, não é?

— Desculpe-me...

— Tenho que desculpar sempre, Roberto. Assim como no mês passado lhe desculpei o esquecimento do aniversário do nosso casamento, lembra-se? Ah! Você não se lembra, pois é esquecido...

— Você precisa me avisar...

— Avisá-lo daquilo que você não se importa? Pra quê?

• • •

Assim se passou mais uma data importante na vida de Sílvia, sem que o marido tenha compartilhado a alegria daquele dia.

Quantos mais se passarão?

Só Roberto poderia dizer...

Podemos afirmar, sem medo de nos enganar, que o casamento é construído por detalhes, muitas vezes mínimos, que os menos atenciosos julgam de somenos importância.

Numa construção, o pedreiro coloca tijolo a tijolo, até que a obra esteja pronta. Para que tenhamos um livro, é necessário escrevê-lo letra a letra. A fim de alcançar grandes distâncias, é preciso caminhar um passo depois do outro.

Assim também é o casamento.

É necessário vivê-lo todos os dias. Construí-lo aos pouquinhos, detalhadamente.

As grandes decisões que marido e mulher tomam juntos vão fortalecendo-os, e fazem com que se sintam capazes de vencer outros obstáculos, caso venham a enfrentá-los.

Porém , é preciso atentarmos para os detalhes que constroem um relacionamento feliz, os quais, no dia-a-dia, acabam se constituindo em grandes demonstrações.

Não menosprezemos as pequenas coisas que, às vezes, nos trazem reações inesperadas e felizes. É gratificante observar o resultado de um pequeno bilhete contendo palavras carinhosas, ou mesmo uma flor acompanhada de um beijo. Sem falar no telefonema parabenizando alguém, e até mesmo um pequeno favor feito com um sorriso aberto e sincero.

As pequenas coisas são tão importantes que nosso

Mestre Jesus imortalizou várias vezes coisas mínimas que representam muito. Ele falou do "argueiro e a trave no olho", do "óbolo da viúva", do "grão de mostarda", etc.

Dar importância aos pequenos gestos também nos fará mais simpáticos a quantos nos observam, no caso específico o nosso cônjuge.

Presentear, além de ser nobre, é acima de tudo demonstrar nosso amor, nossa atenção, nosso carinho, e é como se disséssemos àquela pessoa: "Hoje me lembrei de você".

O valor do presente menos importa, pois o que vale mesmo é a intenção de quem o dá.

Nós, homens, deveríamos aprimorar a nossa sensibilidade para os gestos belos da vida. Retribuir a atenção e o carinho é fundamental; são coisas que as mulheres valorizam, e sentem falta quando seus parceiros não se manifestam.

Nesta hora, seria bom perguntar a nós mesmos, quando esquecemos esses importantes detalhes: "E se fizessem comigo, o que eu diria?"

Roberto, o personagem de nossa estória, se diz esquecido, e isso só ocorre com detalhes do seu casamento. No entanto, ele se esquece também de que assim acabará por destruir os belos sentimentos da esposa, que o ama.

Não podemos nos acomodar e, simplesmente, dizer que nos esquecemos. Quando julgamos que uma coisa é muito importante, não a esquecemos nunca. Assim, basta que coloquemos esses valores em nosso coração, a fim de lembrá-los sempre.

Não façamos como aquele discípulo de um grande mestre oriental que, ao receber a lição espiritualizante, dizia sempre que era muito difícil, por isso acabava se esquecendo. Então, seu mestre lhe perguntou:

— Você se esquece de levar o garfo até à boca?

— Não mestre. Isso não.

— Então, saiba que as lições da vida são tão importantes quanto o alimento do corpo. Dedique-se, e não terá dificuldades em praticá-las.

Finalmente lembremos que, se o amor é construído por gestos pequenos, da mesma forma o destruímos.

3

Os Independentes

Conta Separada

"A LARANJA que escolheste
Não era a melhor que havia.
Também o amor que me deste
Qualquer outra mo daria".*

Fernando Pessoa

---

* Poesias Coligadas, Fernando Pessoa, Editora Nova Fronteira, 5ª edição.

• Dinheiro

Clayton chega em casa.

Carla está na sala assistindo à novela.

À sua chegada, ela pergunta:

— Você foi ao banco, Clayton?

— Sim, fui. Fiz os depósitos e conferi as poupanças.

— Você depositou o dinheiro em minha conta, não foi?

— Sim, como você pediu.

Ela se levanta, e olhando o marido, diz:

— Clayton, você sabe que aquele dinheiro é meu! Portanto, nem adianta contar com ele.

— Eu tenho a minha conta particular e a minha conta poupança, você já se esqueceu?

— Eu só quero que fique claro que meu dinheiro é meu, e o seu, é seu. Só isso.

— Eu sei, eu sei! E por falar nisso, precisamos fazer o acerto do mês, pois é tudo dividido, não é? Eu acho que você está me devendo...

— Sim, vamos ver as contas. Porém, tenho minhas

dúvidas.

— Acho que você é que me deve, pois paguei o conserto do carro sozinha, lembra-se?

— Sim. Vamos ver...

• • •

Assim segue a vida desse casal.

Dividem tudo... Até quando?

O casamento é a união de duas pessoas em busca de realizações em comum, tanto materiais quanto morais.

Podemos dizer, sem receios, que a união entre um homem e uma mulher, é a mais antiga sociedade que se conhece. Quando dois se unem, nada mais fazem do que se tornarem sócios nos negócios e no amor.

Sabemos que o casamento sempre teve, em cada tempo e lugar, leis diferentes que o regulamentavam, buscando satisfazer e perpetuar essa união.

Ainda hoje, encontramos costumes diferentes e até absurdos, mas em sua quase totalidade essa divina união tem avançado bastante, e se aproxima do que é melhor para o homem e para a mulher.

Sem nenhuma dúvida, a monogamia será, sempre, a base perfeita para ajustes cada vez mais próximos da união feliz que todos nós buscamos.

Em nosso meio já existem vários tipos de contratos regulando a união do casal. E são esses contratos que vão demonstrar quais intenções cada um traz para o casamento. Embora devamos respeitar a todos, julgamos que quando nos unimos por um amor verdadeiro, nos entregamos de corpo e alma a ele, sem receios, sem idéias preconcebidas, sem temor do futuro. Por isso dividimos tudo com a pessoa amada.

Em uma união onde o amor é a base, o que há de mais valioso é o nosso coração, que entregamos com alegria e sem restrições. Os valores terrenos ficam em planos secundários, pois o sentimento puro comanda nossas atitudes, direcionando-nos a uma entrega total.

O casal que não tem em comum o próprio dinheiro que ganham, o que terão, então? Será que repartirão os seus sentimentos? Suas emoções? Seus ideais? Suas quedas?

E os filhos, de quem são?

Pensamos ser conveniente estabelecer em conjunto como agiremos nas questões financeiras, e assim determinar metas e prioridades. Juntos, encontraremos os meios certos de gastos e compras que satisfaçam a ambos, e nas divergências, caso ocorram, em comum acordo também aguardemos até que haja consenso.

Colocar o dinheiro em primeiro lugar, como valor regulador de nossa união, pode ser um jogo perigoso, cujo desfecho talvez não venha a nos agradar.

Casamento quer dizer união.

Então, que tenhamos tudo em comum, pois assim ficará mais fácil a nossa caminhada. Mesmo as derrotas, caso ocorram, devem ser assumidas pelos dois; juntos, ergamos a cabeça para que tenhamos um no outro o Cireneu, a nos ajudar rumo aos nossos destinos.

Nesse procedimento delicado, esse casal de nossa estória se arrisca e, no futuro, talvez um dos dois venha a sofrer uma intensa dor, quase insuportável.

Passam a vida dividindo os bens com muito rigor, cada um exigindo o que é seu, sem pensar no outro. Assim, podem acabar ferindo os sentimentos que ficaram relegados, esquecidos, e um dia descobrirão que eram sócios apenas nos filhos, e não em seus outros bens...

Se um deles não quiser mais aquela sociedade, como ficará? Será que o outro fará como naquela música, quando um deles, não querendo aquele fim, diz:

— "... Leve as roupas, leve tudo
O que mais lhe agradar.
E entre as coisas que são suas
Lembre-se de me levar."

Será?

Nessa hora o dinheiro tem valor?

Não. Não tem.

O verdadeiro casamento é aquele construído sobre o alicerce da confiança, da doação de sentimentos e do desprendimento dos bens terrenos em favor da pessoa amada.

Encerramos esta página com Emmanuel, que nos

diz, através de Chico Xavier, no livro "O Espírito da Verdade": "Há ricos de dinheiro, tão ricos de usura, que se fazem mais pobres que os pobres pedintes da via pública, os quais, muitas vezes, não dispõem sequer de um pão."

4

O Calado

Solidão

"UMA MAIOR solidão
Lentamente se aproxima
Do meu triste coração.

Enevoa-se-me o ser
Como um olhar a cegar,
A cegar, a escurecer.

Jazo-me sem nexo, ou fim...
Tanto nada quis de nada,
Que hoje nada o quer de mim."*

Fernando Pessoa

Reencarnação e Educação

(...) A reencarnação é o meio, a educação divina é o fim. Por isso mesmo, a par de milhões de semelhantes nossos que evolvem, existem milhões que se reeducam em determinados setores do sentimento, porquanto, se já possuem certos valores da vida, faltam-lhes outros não menos importantes.(...)**

André Luiz

---

* Poesias Coligadas, Fernando Pessoa, Editora Nova Fronteira, 5a. edição.

** Missionários da Luz, André Luiz (Francisco Cândido Xavier), Editora FEB, p. 159, 21a. edição.

• Diálogo

Renato chega em casa, depois de jogar bola no clube com os amigos. Sílvio o acompanha até à porta, pois são vizinhos há muito tempo.

Ao abrir a porta, Lara os recebe feliz e lhes endereça um belo sorriso. O amigo de seu marido corresponde com um aceno, depois lhes diz:

— Vocês formam um casal perfeito, não é mesmo Lara?

— Nem tanto, Sílvio. Assim como todo mundo, também temos os nossos problemas.

— Pois, o que a gente pensa é que vocês são, realmente, muito felizes. O Renato está sempre alegre e brinca com todo mundo. Conversa muito, e jamais o vimos reclamar da vida, não é Renato?

— Ora, o que é isso, Sílvio!...

— É verdade! Eu os invejo, porém com bons olhos, podem acreditar. É bom ver um casal assim...

Eles ainda conversam por alguns momentos, depois se despedem. Ao entrarem, Lara pergunta ao marido:

— Está tudo bem, Renato?

— Está.

— O jogo foi bom?

— Foi.

— Meu bem, o que você acha daquilo que o Sílvio falou?

— Nada.

— Só isso?

— Só.

— Você julga que somos um casal perfeito?

— Não sei.

Mais uma vez Lara se entristece, pois vê que o esposo não é dentro do lar aquilo que todos falam. Em casa está sempre calado, e quando ela lhe dirige a palavra, ele responde somente o estritamente necessário.

Ela abaixa a cabeça e, quase chorando, fica a pensar em seu casamento. Depois, educadamente, ainda pergunta:

— Você deseja alguma coisa?

— Não. Vou ver o futebol na televisão.

— Está bem...

• • •

Conversar é sempre prazeroso, apesar do ditado que diz que "quem conversa muito dá bom dia a cavalo." Muitas vezes nos reunimos para um bate-papo descontraído e sem compromisso. Falar é, para nós, uma necessidade.

Uma turma de amigos reunida para assistir um

futebol, ou um grupo de amigas a comentar a novela, são momentos em que "jogamos conversa fora", mas ao mesmo tempo descarregamos as tensões que o dia-a-dia nos traz.

A vida nos oferece inúmeros prazeres, e são eles que nos revigoram para enfrentar os embates difíceis do cotidiano. E dentre esses prazeres, podemos afirmar que a fala está entre os primeiros.

Já ouvimos, certa vez, alguém dizer que quando não há diálogo entre o casal, as chances de esse casamento ser duradouro são remotas. E sabemos ser verdadeira essa afirmação, principalmente pelo que presenciamos nos dias atuais.

Se conversar com alguém é tão bom, pois nos proporciona momentos de intensa alegria, melhor ainda deveriam ser nossos diálogos com a pessoa amada.

O casamento é uma sociedade em que os interessados devem cuidar juntos do patrimônio comum. Por isso, o primeiro mandamento é falar sinceramente, um para o outro, o que sente, o que quer e o jeito que gostaria que fosse a participação de ambos.

Quando estamos namorando, nos encontramos diariamente com a pessoa amada e nem por isso deixamos de ter assuntos para conversar.

É comum observar casais passeando de mãos dadas, sem pensar no relógio, nem em política ou em televisão.

Dedicam-se um ao outro, apaixonadamente. Entretanto, depois de algum tempo de casados, as estradas se bifurcam, separando-os em seus sonhos particulares e em suas necessidades próprias.

Podemos ainda dizer o quanto é bonito os noivos traçando juntos os planos para a compra dos móveis, decidindo como vão decorar a casa, e se a festa será nesse ou naquele clube. No entanto, passados alguns anos, até parece que não são os mesmos que repartiram tudo, e hoje nada sabem um do outro.

Infelizmente, o que se observa é que o casal que não aprendeu a conversar torna-se indiferente no próprio recinto doméstico.

Conversemos com a pessoa amada. Falemos de nossos projetos e de nossas preferências. Falando nos mostramos como somos por dentro; afinal, estaremos revelando os nossos sentimentos mais íntimos.

O diálogo sincero possibilita a descontração e proporciona até momentos de brincadeiras, risos e alegrias entre os casais.

Às vezes, as pessoas afirmam não ser necessário falar, que basta sentir. É verdade; em certos momentos o olhar diz mais do que muitas palavras. No entanto, se os olhos mostram, se os gestos dizem, só as palavras completam o que os olhos e os gestos queriam demonstrar.

Renato, esposo de Lara, está se descuidando do relacionamento com sua companheira. Alegre com os outros, mostra-se distante e taciturno em casa. Seus diálogos são, em verdade, monólogos em que somente a esposa busca o entendimento.

Talvez, invigilante, tenha perdido o prazer de conversar com ela, ou mesmo esteja assim por algum motivo que ele julgue justo. Porém, de qualquer forma, o melhor é conversar aberta e sinceramente, colocando o coração nas palavras. Assim, com certeza ele encontrará novamente o gosto do diálogo, da troca de emoções e experiências que uma boa conversa oferece.

É verdade que nosso Pai nos deu dois ouvidos e uma boca para que falemos menos e ouçamos mais inclusive dos dois lados. Porém, se ouvimos, vamos também falar. Principalmente, dizer à pessoa amada o quanto é bom conversar com ela.

5

Os Agressores

A Indiferença

... "Nos primeiros tempos do consórcio, emergira entre ambos a muralha da discórdia, da discórdia que lhes emanava do âmago, em ondas torvelinhantes de aversão instintiva, cuja existência não haviam sequer pressentido, de leve, antes do casamento.

De começo, rixas e discussões. Depois, a indiferença, o cansaço total um do outro." (...)*

André Luiz

---

* Sexo e Destino, André Luiz (Francisco Cândido Xavier e Waldo Vieira), Editora FEB, p. 86, 13a. edição.

• Desentendimentos

É domingo.

Abílio e Roberta estão almoçando juntos em casa.

Conversam animadamente, porém ambos são melindrosos e se sentem ofendidos por qualquer coisa que o outro fale.

Se um ou outro aponta uma falha, um defeito ou um tropeço, por menor que seja, a briga está formada. Assim, a conversa segue animada:

— Uhmmm! O arroz ficou ótimo, meu bem. Está no ponto.

— Eu também estou gostando. Até que enfim acertei a mão, não é Abílio?

— É mesmo. Ultimamente você não acertava...

— Está certo, porém o que mais me irrita é esse seu jeito de pretensa perfeição. Você não aceita erros, não é?

— Não é isso. Só confirmei o que você mesma disse: que hoje acertou a mão.

— Você me fez perder o apetite, sabia?

Nesse momento, Abílio empurra o prato com força, e diz:

— Quem perdeu o apetite fui eu. Ai, que saudade de meu tempo de solteiro...

— Ora, então por que você não me deixa? Vá embora, volte para os braços da mamãe, nenezinho. Vá comer a comidinha roceira, vai.

— Não fale de minha mãe...

— Você pensa que é só ela que sabe cozinhar, é? A minha mãe também sabe, ouviu?

— Ah! Ah! Ah! Duvido. Se ela soubesse, teria ensinado a você. Eu acho que ela ensinou, mas o seu problema é a inteligência pequena.

— Abílio! Você está me chamando de burra?

— Roberta...

E a discussão prosseguiu.

Assim terminou o feliz almoço de domingo.

• • •

Dizem os cientistas que existem os animais racionais e os irracionais. E que o homem é um animal racional, capaz de articular palavras, de raciocinar, pensar, amar, enfim, que somente nós, os humanos, temos condições de realizar estas e outras tarefas.

É verdade.

Somos seres inteligentes, criados à imagem e semelhança de Deus. Somos, portanto, todos nós, filhos de Deus.

Porém, dentre as capacidades de que o homem é dotado, destaquemos a de falar, que mais nos interessa neste capítulo.

Somos capazes de falar em vários idiomas. Alteramos a voz, mudamos a sua tonalidade, imitamos variados sons e até falamos rápido ou devagar, dependendo da necessidade.

No entanto, a maioria de nós somente aprendeu a falar. Não sabemos, até hoje, conversar e ouvir com carinho. Não aprendemos, ainda, a ouvir em silêncio e depois falar com respeito.

Nosso Mestre Jesus, em seu Evangelho de Amor, nos alerta quanto ao modo de falar e do seu conteúdo. Disse Ele: "A boca fala daquilo que está cheio o coração."

Por isso, se não melhorarmos o nosso coração, purificando os sentimentos, conquistando virtudes, enobrecendo nosso caráter, nossas palavras irão ferir a quem nos ouve, tanto na tonalidade quanto no conteúdo.

Diz André Luiz, no livro "Sinal Verde", através do médium Chico Xavier: "Observe como vai indo a sua voz, porque a voz é dos instrumentos mais importantes na vida de cada um. A voz de cada pessoa está carregada pelo magnetismo dos seus próprios sentimentos."

Por isso, ao casal não bastam as palavras.

É necessário o diálogo respeitoso e amigo. E ambos precisam saber que o outro tem o direito de discordar. Mas que discordemos sem ofender, para que não iniciemos uma discussão que acabará por nos ferir também.

Pensar diferente um do outro não é defeito, e sim, qualidade que devemos respeitar e, acima de tudo, amar. Temos que gostar do jeito de ser de nosso companheiro e vice-versa.

Muitos de nós, não raro, ao começarmos um diálogo, nos armamos com luvas, prontos para o combate, julgando que nos encontramos num ringue, diante de um forte adversário que nos quer derrubar.

Às vezes, nossos preconceitos quanto a um determinado assunto acabam dificultando o nosso entendimento. Nem ouvimos direito o que o outro falou, e já partimos para a ofensiva com toda a nossa agressividade.

Para dialogar usam-se duas fases distintas, a saber:

O momento certo de falar.

E o momento certo de ouvir.

No momento de falar, falemos com respeito, sem ofensas nem críticas, a fim de não machucarmos as pessoas com quem conversamos, ou a pessoa amada.

E na hora de ouvir, ouçamos com interesse, olhando nos olhos de quem fala, e sem interromper, deixemos que o outro finalize o seu raciocínio como desejar.

Cremos que, com essas medidas, será possível dialogarmos num clima cordial, para evitar ofensas que, certamente prejudicarão nosso relacionamento.

Outro fator de complicada solução é o famoso

desvio.

Nossos personagens da estória iniciaram um diálogo fraterno e terminaram se desentendendo. Sem perceberem, o assunto chegou na suposta burrice da esposa.

É necessário conversar somente sobre o problema em si, sem desviar para outros assuntos, geralmente agressivos, a fim de não complicar ainda mais a solução do impasse que surgiu.

Via de regra, exumar "cadáveres", isto é, trazer à tona casos ocorridos há anos, já resolvidos, é outro procedimento comprometedor que dificultará qualquer entendimento, remexendo em feridas nem sempre cicatrizadas.

Pior ainda é quando incluímos pessoas queridas no meio de nossos problemas, pessoas essas que nada têm a ver com os nossos melindres e dissabores. Não raro, acusamos ou desqualificamos esses familiares apenas no intuito de ferir aquele com quem discutimos.

Quando os dois discutem, os dois perdem.

Quando os dois conversam, ambos ganham.

Acreditamos que os casamentos acabam muito mais pelas ofensas do que pelos próprios atos. A língua tem um poder que desconhecemos, tanto para o bem quanto para o mal.

Então, antes de ofender, compreendamos um ao outro.

E antes de fazer qualquer curso de línguas, façamos primeiro o aprendizado do diálogo e da fraternidade, regado com uma pitadinha de amor.

Não nos arrependeremos desse investimento.

6

Os Materialistas

Pais

"E vós, pais, não provoqueis a ira a vossos filhos, mas criai-os na doutrina e admoestação do Senhor."*

Paulo (Efésios, 6:4)

Assumir compromissos na paternidade
e na maternidade constitui engrandecimento do
espírito, sempre que o homem e a mulher lhes
compreendam o caráter divino.
Infelizmente, o Planeta ainda apresenta enorme percentagem
de criaturas mal-avisadas relativamente a esses sublimes
atributos (...)**

Emmanuel

---

* Novo Testamento, Paulo, Carta aos Efésios, 6:4.

** Vinha de Luz, Emmanuel (Francisco Cândido Xavier), Editora FEB, p. 283, 8a. edição.

• O Ateísmo

Adalberto e Rosana estão na cozinha tomando um café, enquanto as crianças brincam lá fora.

De repente, batem à porta.

Rosana vai atender, e ao abrir alegra-se, pois é sua irmã Lúcia que chegou. Entram alegres e vão para a cozinha, onde está Adalberto.

Depois dos costumeiros cumprimentos, um diálogo amigável se inicia. Adalberto, então, pergunta:

— Como vai, Lúcia? Tudo bem?

— Graças a Deus, estou muito bem.

— E o Clóvis? e as crianças?

— Estão todos ótimos, graças a Deus. E aqui, como vão?

— Tudo bem.

— Lúcia, o Clóvis conseguiu passar no exame para tirar a carteira de motorista?

— Ah! Rosana. Foi difícil, mas graças a Deus ele passou. Agora ele está habilitado.

— Lúcia, por que você sempre diz "graças a Deus?".

— Ah! Porque sem o nosso Pai Celestial nada somos, Rosana.

— Ora, deixe de fanatismo. Aqui em casa agradecemos a nós mesmos, que nos esforçamos e pronto.

— É mesmo, Lúcia. Não temos nenhuma religião. E digo mais, isso não nos faz falta. Além disso, Deus nunca fez nada por mim completa Adalberto.

— Oh! Meu Deus! Não digam isso, por favor. Sei que vocês nunca tiveram uma religião, mas não deixem de acreditar em Deus, nosso Criador.

— O que é isso, minha irmã? Olhe nossos filhos, nossa casa e nossa posição social. Somos ricos e Deus nunca nos deu nada. Nós é que trabalhamos para conseguir.

— Minha irmã, vou orar por vocês.

— Dispenso suas orações. Eu sei que elas nada resolvem.

— Vamos mudar de assunto... Não está nada bem...

Assim, mudaram de assunto. Para o casal ateu, Lúcia era apenas mais uma fanática religiosa.

• • •

É difícil acreditar que ainda existam no mundo pessoas que se dizem atéias. E por mais que busquem justificativas para essa conduta estranha, jamais conseguem convencer, principalmente a nós, que por motivos lógicos, morais e espirituais, temos razões inabaláveis para afirmar nossa condição de filhos de Deus, nosso Pai e Criador.

Quando se reúnem duas pessoas, formando um casal ateu, aí fica ainda mais difícil penetrar em seus corações duros e impermeáveis.

É também mais comum encontrarmos ateus entre os mais abastados, pois julgam com orgulho e vaidade que suas supostas conquistas foram frutos exclusivos de suas ações.

Esquecem-se de que Deus teve primeiro de criá-los, para depois lhe permitir tais conquistas. Esquecem-se, também, de que apesar do grande sucesso no mundo financeiro e social, um dia terão de deixar tudo por aqui mesmo, nada levando consigo.

Afirmam alguns que não crêem em Deus, simplesmente porque não conseguem vê-Lo; no entanto, eles mesmos acreditam em muitas coisas que seus olhos não registram. Acreditam por exemplo na eletricidade, nas ondas de rádio e televisão, no magnetismo do ímã, no movimento da Terra, no vento, na luz, no som, enfim, acreditam até em seus próprios pensamentos, apesar de não poderem tocá-los também. Portanto, por esse motivo não podem se justificar.

Outros falam que são ateus por não terem como provar a existência de Deus, sem pensar que eles próprios comprovam isso. Pois, se fossem humildes, teriam "olhos de ver" para "enxergar" a obra, e assim aceitar o Criador. Afinal, todos nós, ao vermos uma casa, sabemos da existência do pedreiro. Temos ciência do escritor ao ler um livro. Porém, ainda assim, muitos preferem acreditar que tudo no Universo seja obra do acaso ou das coincidências.

Às vezes nos perguntamos como é possível, entre bilhões de pessoas, cada um ter uma tonalidade de voz inconfundível, uma impressão digital única, um jeito de ser próprio, um rosto com características diferentes, além da moral, do gosto e da inteligência imensurável.

A presença de Deus na Terra e no espaço está marcada em tudo e em todos nós. Poderíamos relacionar, infinitamente, as razões que temos para aceitar essa verdade.

• • •

Infelizmente, o ateísmo do casal de nossa estória refletirá nos filhos, causando-lhes também a dureza dos corações. Isso ocorre porque, geralmente, os ateus não têm em si motivos para ajudar a ninguém, e assim, também se tornam pessoas quase incapazes de perdoar, de socorrer, de orientar para o bem; enfim, de serem fraternos e irmãos de outras pessoas.

Aquele que dispensa Deus de sua vida está plantando muito sofrimento para o futuro, e somente ele, o sofrimento, que age como tratamento de beleza para o espírito, poderá despertá-lo da ingratidão e da rebeldia contra o Criador de todos nós.

Precisamos todos, indistintamente, colocar nossas vidas nas mãos de Deus. Assim, nossa vida será mais amena, nossa cruz se fará mais leve e o nosso destino mais feliz. Seremos, sem dúvida nenhuma, mais caridosos, humanos, fraternos e humildes, pelo fruto da fé.

Tudo isso fica mais fácil quando seguimos uma religião. Não façamos como a maioria, que apenas diz ser isso ou aquilo em matéria religiosa. Sejamos, acima de tudo, pessoas de bem, que vivem no mundo deixando atrás de si rastros de amor. Sigamos uma religião de verdade, e tenhamos a religiosidade no coração.

• • •

Braille, astrônomo famoso, tinha um amigo que, destituído de crenças religiosas, não acreditava fosse o Universo obra exclusiva de um Ser Supremo.

Desejando confundir e vencer o ateísmo absurdo do amigo, o astrônomo construiu um magnífico planetário, isto é, uma peça mecânica que reproduzia o sol e os principais planetas com seus movimentos e suas órbitas, e convidou o jovem ateu a observar o interessante engenho.

— É realmente muito interessante, declarou o ateu. Quem foi o autor deste engenhoso aparelho?

— Não houve autor algum, respondeu tranqüilo o astrônomo.

— Como assim?

— Muito simples. Este planetário apareceu aqui por uma simples e natural casualidade.

— Que disparate! Uma peça tão perfeita não pode ser obra da casualidade! Isso é impossível!

— Como impossível? — replicou o astrônomo. Se na tua opinião um simples planetário não pode ser obra da casualidade, como ousas aceitar que o Universo, com suas infinitas e insondáveis maravilhas, tenha surgido por acaso?

Esquecia-se o mísero ateu, em sua lamentável ignorância, de que tudo no Universo, e em nós mesmos, está continuamente demonstrando a existência de Deus.

Por muito dinheiro que se consiga; por maior que seja a nossa posição social, ou o nosso poder aqui na Terra, nada disso é garantia de que seremos felizes do outro lado da existência. Assim como os religiosos, o ateu também se despedirá deste mundo, querendo ou não.

Se, depois de tudo isso, alguém ainda afirmar que não tem motivos para acreditar em Deus, peçamos pelo menos uma prova de que Ele não existe.

7

O Machão

Tiranos Domésticos

(...) O mundo está cheio de pessoas que trazem
o sorriso nos lábios e o veneno no coração; *que são doces,
contanto que ninguém as moleste, mas que
mordem à menor contrariedade*; cuja língua,
doirada quando falam face a face, se transforma
em dardo venenoso, quando falam por trás.
A essa classe pertencem ainda esses homens que são
benignos fora de casa, mas tiranos domésticos, que fazem a
família e os subordinados suportarem o peso do seu orgulho
e do seu despotismo, como para compensar o
constrangimento a que se submetem lá fora. Não
ousando impor sua autoridade aos estranhos, que os
colocariam no seu lugar, querem pelo menos ser temidos
pelos que não podem resistir-lhes. Sua vaidade se satisfaz
com o poderem dizer: "Aqui eu mando e sou
obedecido", sem pensar que poderiam acrescentar, com
mais razão: "E sou detestado"(...)*

Lázaro

---

* O Evangelho Segundo o Espiritismo, Allan Kardec, Cap. 9, item 6, tradução de J. Herculano Pires, Editora EME, 1a. reedição 1996.

• Machismo

Vilma está na cozinha e, pensativa, saboreia um café que acabara de fazer. Seus olhos, às vezes fixos em uma direção, mostram que seus pensamentos estão longe dali.

Ela recorda com saudades dos primeiros meses de casada. Diogo, seu marido, em verdade não era um exemplo de educação; no entanto, agora se revelara bruto e autoritário. Ela quase nunca saía de casa, a não ser com a sua permissão. Ele, tudo podia fazer.

Não havia, para ela, uma oportunidade de diálogo para que pudesse expor seus anseios, sua dor e seu medo de que tudo acabasse; sempre que iniciava uma conversa ele explodia em palavras ásperas, deixando-a com as suas lágrimas.

Agora ela estava ali, sozinha de novo, imaginando o rumo que estava tomando o seu matrimônio. Com lágrimas nos olhos, dizia para si mesma que hoje falaria com ele. Ah! De hoje não passaria!

De repente Vilma se assusta, pois ouve o som da porta que ele sempre, a seu modo, batia com força.

— É ele — pensou ela.

Ele entra e a encontra ainda sentada. Ao vê-la percebe que esteve chorando. Então, pergunta-lhe:

— O que foi, Vilma?

— Diogo, preciso conversar com você...

— O que aconteceu?

— É sobre nós, Diogo... Sobre o nosso casamento...

— O que há com o nosso casamento?

— Você ainda não percebeu a minha tristeza? Você não se pergunta qual o motivo?

Nesse momento, Diogo fala agressivamente:

— Está lhe faltando alguma coisa? Eu acho que não... Sempre lhe dei o necessário, inclusive para a nossa casa. O que mais você quer?

— Diogo, Diogo. Eu preciso ter a minha vida também. Você não permite que eu faça nada, a não ser trabalhar em casa. Minhas opiniões, seja em qualquer assunto, você despreza, quando não as ignora.

— Pois saiba que eu estou muito bem. Além do mais, você casou comigo para cuidar de nossa casa. E agora vem com tristezas e lágrimas? Quanto às opiniões, fique com elas que nunca servem mesmo.

— Você não pensa em nós?

— Penso sim. Cuide da casa e dos nossos filhos, o resto deixe comigo.

— Mas, não é assim... Diogo, eu queria...

— Agora chega. Pra mim, chega.

Ele sai. E mais uma vez ela fica ali sozinha com os seus pensamentos. Os olhos estão rasos de lágrimas...

• • •

Muito tempo atrás, no sínodo da Igreja Católica, mais precisamente no ano de 585, a mulher foi objeto de acaloradas discussões, com o fim de saber se ela possuía alma ou não, e se deveria ser tratada ou qualificada como criatura humana.

Mais recentemente, perto de 200 anos atrás, quando três escoceses letrados tiveram a idéia de publicar a Enciclopédia Britânica, o verbete MULHER foi definido sumariamente assim: fêmea do homem.

Ah! Isso tudo passou...

Hoje os tempos são outros. O machismo está dando seus últimos suspiros e, mais cedo do que imaginamos, assistiremos ao seu fim.

Entretanto, nos dias atuais, infelizmente ainda encontramos os machões, aqueles valentões que descarregam a sua revolta na esposa e filhos.

Por não poderem expressar a sua valentia no mundo, onde encontrariam adversários à altura para enfrentá-los, eles gritam e soltam seus palavrões em casa, pois ali julgam-se respeitados. Porém, sabemos que essa triste situação vivida pela esposa e filhos, jamais diríamos tratar-se de respeito, e sim, de medo, de um verdadeiro pavor, principalmente por parte das crianças.

Hoje, já não se admite no lar o "carrasco" que exige, que faz sofrerem a quantos dividem com ele o mesmo ambiente. Felizmente os tempos modernos trouxeram, além de outro significado para o verbete MULHER, a chave que abriu as portas da prisão em que se encontravam nossas irmãs.

Hoje, graças a essa liberdade feminina, nós homens começamos a perceber que é mais vantajoso e causa maior prazer ter ao nosso lado não uma serviçal, mas uma companheira a repartir conosco as dores e somar as nossas alegrias.

Antigamente, no casamento, questionava-se apenas se era bom para os homens. Jamais perguntavam à mulher se consentia ou não com a união, ou se o relacionamento já consumado lhe agradava e lhe trazia algum prazer.

Ah! Hoje não!

Nos dias atuais elas não aceitam um relacionamento que se transformou em agressões físicas e adultério. Elas vão à luta e buscam no parceiro um amigo e companheiro que as respeite, que as olhe como gente; principalmente que as trate com carinho.

Precisamos, nós homens, nos conscientizar de que o mundo não pertence somente a nós, mas também a elas. E que aquele orgulho de ter sido criado primeiro por Deus é, no mínimo, infantil. Apesar das religiões tradicionais ensinarem que o Pai Celestial fez o homem, e de uma costela ter criado a mulher, julgamos essa estória um símbolo. Seria mesmo mais exato o contrário. Afinal são elas que possuem a divina capacidade criadora, e não nós.

Portanto, o que nos resta fazer é equilibrar os valores, tanto masculinos quanto femininos, pois em verdade nem sempre sabemos por que Deus criou a ambos; entretanto, se criou é porque precisamos um do outro para viver.

O nosso personagem, apesar de marido leal e de não faltar com as obrigações financeiras do lar, ainda precisa descobrir outros aspectos, também importantes, que dão sustentação ao matrimônio para que ele seja duradouro. Esses outros fatores são o carinho, o respeito e a amizade que devem existir entre eles.

Diogo ainda pensa que o casamento é uma verdadeira guerra, e que o importante é vencer. Pensamos que o essencial na verdade não é vencer, mas sim lutar juntos.

Quando se luta apenas por si só, apenas um pode vencer. Quando se luta pelo casamento, vencem os dois.

O matrimônio existe também para se dar, não apenas para receber, e o fim é a realização de ambos, tornando-os felizes.

Podemos comparar a união conjugal a uma planta que exige um cuidado especial. Deve-se providenciar o adubo das boas-maneiras, a água fresca da atenção e até mesmo a poda de antigos hábitos de autoritarismo.

Assim fazendo, o casamento crescerá fortalecido e terá menor possibilidade de se quebrar, quando chegarem as tempestades da vida.

8

A Ciumenta

Vida Conjugal

As tragédias da vida conjugal costumam povoar a senda comum. Explicando o desequilíbrio, invoca-se a incompatibilidade dos temperamentos, os desencantos da vida íntima ou as excessivas aflições domésticas. O marido disputa companhias novas ou entretenimentos prejudiciais, ao passo que, em muitos casos, abre-se a mente feminina ao império das tentações, entrando em falso rumo. Semelhante situação, porém, será sempre estranhável nos lares formados sobre as escolas da fé, nos círculos do Cristianismo.

Os cônjuges, com o Cristo, acolhem, acima de tudo, as doces exortações da fraternidade.(...)*

Emmanuel

---

* Vinha de Luz, Emmanuel (Francisco Cândido Xavier), Editora FEB, p. 287, 8a. edição.

• Desconfiança

É sexta-feira.

Carlos e alguns amigos de trabalho combinam que, após o expediente, irão ao clube tomar um banho de sauna.

Prevenido, telefona para a esposa a fim de avisá-la, pois conhece muito bem o ciúme da companheira. Porém, depois de várias tentativas sem sucesso, pois não havia ninguém em casa, resolve ir assim mesmo; quando chegasse em casa explicaria o atraso, afinal, era comum às sextas-feiras ele chegar mais tarde. Assim fez e foi à sauna.

São 20 horas.

Ao chegar perto de casa, vê que a esposa está ao portão esperando-o.

— É hoje — pensou Carlos.

Ele se aproxima da companheira e, com um sorriso aberto, tenta beijá-la; mas ela, num gesto brusco, se afasta e diz:

— Onde você esteve até agora?

— Eu fui ao clube tomar uma sauna, meu bem...

— Não me chame de "meu bem". Por que você não telefonou avisando-me?

— Eu liguei, mas ninguém atendeu.

— Eu saí um minutinho só. Além disso, estou duvidando que você tenha ligado mesmo...

— O que é isso, Cleuza? Eu não mentiria pra você. E tem mais, você sabe que, às vezes, na sexta-feira eu dou uma chegadinha até o clube. Você não acredita em mim?

— Acreditar em você? Eu acho é que tem alguma coisa a mais nesse clube... Você é um homem casado, já esqueceu?

— É claro que não, querida. Acredite, eu te amo.

Cleuza fecha a porta com força, e afastando-se do marido, fala num tom de voz já alterado:

— Não sei não. Os homens são todos iguais. Eu acho melhor você não ir mais a esse clube, está certo?

— Cleuza, Cleuza... Deixe disso. Para tranqüilizá-la, façamos o seguinte: você irá comigo, o que acha?

— Ir com você? Com aquela turma de malandros? Nunca. Espere aí... Uhhh... E esse cheiro? É perfume de mulher, não é, Carlos?

— Meu bem, é o cheiro da sauna...

— Mentiroso, cretino... Você vai me explicar agora mesmo com quem estava.

— Oh! Meu Deus...

• • •

Por mais nobres e justos que sejam os nossos argumentos, buscando explicar o ciúme de uma forma positiva, eles não impedirão que um clima de insegurança, infelicidade e brigas predomine no lar de quem é ciumento.

É claro que, nestas páginas, não defenderemos a bigamia, os amantes, ou as aventuras que alguns infelizes ainda promovem em suas vidas. Acima de tudo, devemos estar cientes de que a fidelidade deve ser a marca do cristão, consciente dos ensinos verdadeiros e elevados do Cristo.

Mas, primeiramente se faz necessário entender o que é e o que significa a palavra ciúme. O Dicionário da Língua Portuguesa diz: "Ciúme: sentimento doloroso causado pelas exigências de um amor inquieto, pelo desejo de possuir a pessoa amada, pela suspeita da infidelidade." Portanto, o ciúme é um sentimento doloroso e que, às vezes, faz sofrer mais de uma pessoa.

Afirmam alguns ser o ciúme o tempero do casamento, pois sem ele o relacionamento do casal não teria aquele sabor gostoso que somente uma demonstração de ciúme pode causar.

Outros atestam ser benéfico, pois diante de uma cena de ciúme de nosso parceiro nosso ego se renova, se autovaloriza, e nos sentimos amados e queridos.

Há, ainda, aqueles que justificam o ciúme como sendo uma expressão do amor que sentimos; afinal, argumentam, onde há o amor haverá o ciúme, pois ele, o amor, não permite a divisão do ser amado com mais ninguém.

Apesar do respeito que devemos ter por todas as opiniões, é necessário dizer que ainda estão confundindo amor com ciúme. Amor é uma coisa, ciúme é outra. Àqueles insistentes, que desejam qualificar o ciúme como derivação do amor, ou mesmo resultado dele, mais uma vez afirmamos a nossa discordância.

O que nasce do amor é a compreensão, a confiança, a caridade, a cooperação, além de outros sentimentos nobres que ornam o coração que ama. É quase impossível enumerar todas as manifestações diferentes do amor.

E o que o ciúme gera é a revolta, o egoísmo, a desconfiança, a avareza, e até o crime passional. Do ciúme pode-se esperar tudo, podendo chegar ao ódio que mata.

É oportuno dizer ainda que, infelizmente, a Justiça tem amparado de uma forma lamentável esses atos monstruosos praticados muitas vezes pelo ciumento desequilibrado; impune, o criminoso costuma dizer: "eu matei por amor."

Essa forma errada de pensar está arraigada há milênios em nossa sociedade e em nossos corações, pois em todas as épocas se fala que quem ama sente ciúmes.

Se assim fosse, não poderíamos amar. Amar alguém nos traria prejuízos, pois esse amor nos daria o ciúme, esse sentimento maléfico que habita principalmente o coração daquele que julga ter a posse da pessoa amada.

Outro fator para o qual devemos atentar, e ainda

reforçando o que afirmamos, de que o amor é um sentimento diferente do ciúme, é que todos nós estamos fadados à perfeição. E sabemos que são os Espíritos Puros quem têm mais amor a oferecer. Então, perguntamos: será que eles são ciumentos? Quanto mais amor, mais ciúmes teremos?

Sabemos que não é assim. O que é certo é que, quanto mais evoluímos, maior amor sentiremos e menos apego teremos. E isso, tanto para as pessoas quanto para os objetos que amamos.

• • •

Voltando à nossa história, constatamos que Cleuza cultiva um ciúme que está, aos poucos, roubando-lhe a paz. O amor inquieto de que fala o Dicionário não lhe dá tréguas. Além disso, em seu coração predomina a suspeita da infidelidade, que no caso não existe.

O ciúme doentio cria cenas inexistentes que conturbam o relacionamento com seu marido, junto ao qual poderia viver serenamente. E esse sentimento desequilibrado acabará destruindo o amor que o seu companheiro sente por ela, pois o lar transforma-se em um verdadeiro campo de batalha. O lar onde predomina o ciúme acaba por assemelhar-se àquela música de muito sucesso, contando a vida de um casal, que diz: "nosso apartamento, um pedaço de Saigon," ou seja, é uma verdadeira guerra.

Portanto, saibamos que o ciúme não comprova que amamos alguém. Apesar do atraso espiritual em que nos encontramos, pois só amamos se formos amados, é necessário iniciarmos o desapego para que sejamos livres no amor e, acima de tudo, fiéis. E o treinamento para a conquista do verdadeiro sentimento no amor passa também pelo desprendimento aos bens materiais, para que tenhamos nossas posses sem ser possessivos, doentios e arraigados.

O ciúme não prende o parceiro, expulsa. Não melhora o casamento, deteriora. Não impede a infidelidade, propicia. Não aumenta o amor, aniquila. Não dá a vida, tira.

9

O Farrista

Paixões

(...) "Entenda-se bem que se trata aqui da verdadeira afeição espiritual, de alma para alma, a única que sobrevive à destruição do corpo, pois os seres que se unem na Terra apenas pelos sentidos não têm nenhum motivo para se procurarem no Mundo dos Espíritos. Só são duráveis as afeições espirituais. As afeições carnais extinguem-se com a causa que as provocou; ora, essa causa deixa de existir no Mundo dos Espíritos enquanto a alma sempre existe. Quanto às pessoas que se unem somente por interesse, nada são realmente uma para a outra: a morte as separa na Terra e no Céu".(...)*

Allan Kardec.

(...) "A porta da perdição é larga, porque as más paixões são numerosas e o caminho do mal é mais freqüentado. A da salvação é estreita, porque o homem que deseja transpô-la deve fazer grandes esforços para vencer as suas más tendências e poucos se resignam a isso".*

Allan Kardec.

---

* O Evangelho Segundo o Espiritismo, Allan Kardec, Cap. 18, item 5, e Cap. 4, item 18, tradução de J. Herculano Pires, Editora EME, 1a. reedição 1996.

• Irresponsabilidade

São onze horas da noite.

Em um bar movimentado da cidade, Marcos e sua turma estão a beber, esquecidos do relógio. Conversam sobre vários assuntos como política, futebol e até religião. Em verdade, mais discutem do que conversam, pois cada um deseja impor sua opinião.

Mas, de repente, o assunto é casamento. Todos estão impressionados com a conduta de Marcos, pois é o único casado da turma, e assim mesmo continua a farrear com eles.

Leonardo então lhe pergunta:

— Marcos, você vive como se fosse solteiro! Isso está certo, meu amigo?

— Ora, só porque me casei não posso fazer mais nada?

— Mas você não respeita nem dia nem horário. Qualquer dia é dia para sair sem ter hora para chegar em casa.

E a sua esposa como fica?

— Não quero saber. Sou homem, faço o que quero. Além disso, gosto da turma e da cerveja.

Um outro pergunta:

— Marcos, não tenho nada com isso, mas diga-me: Mesmo agindo assim, você e sua esposa vivem bem?

— Eu vivo muito bem, e como eu quero. Ela não sei. Olha aqui, não é melhor falarmos de outra coisa? Em minha vida mando eu, está bem?

Os amigos mudam de assunto. Pedem mais uma cerveja e a noite segue.

São duas horas, quando Marcos chega em casa.

À meia-luz do quarto, Mirna está de olhos abertos, esperando o marido, mais uma vez. Ao vê-la acordada, fala ríspido:

— Por que você não dormiu? Vai viver me vigiando?

— Não, Marcos. Não vigio, apenas perdi o sono pensando em nós dois...

— Pense mais em você e não se preocupe comigo. Eu estou muito bem.

— Eu sei que você está bem. O que não está bem é o nosso casamento. Você não percebe, mas está matando o meu amor por você.

Com lágrimas nos olhos, ela fala:

— É dolorido falar assim, mas sabia que os meus sentimentos já não são os mesmos...

Ele nem ouviu suas últimas palavras, pois dormiu sem se importar com o que ela dizia. Deitados ali na mesma cama, ele dormia e ela chorava.

• • •

Podemos comparar o casamento a uma grande construção que demandará muito tempo até ser concluída. O casamento simboliza os pedreiros que erguem, bem ou mal, a casa em que habitam.

Porém, é necessário nos conscientizarmos de que ambos devem colocar os tijolos, mesmo que lentamente, a fim de que a obra prossiga até o fim.

Por isso, torna-se quase impossível chegar a bom termo, quando um constrói e outro destrói. O que um faz com grande sacrifício em dias, o outro derruba em minutos e com pouco ou nenhum esforço.

André Luiz, através de Chico Xavier, no livro "Sinal Verde", nos alerta: "Jamais brinque com os sentimentos do próximo. Não assuma deveres afetivos que você não possa ou não queira sustentar. Amor, em sua existência, será aquilo que você fizer dele."

Casamento é assim. Ambos devem se esforçar e se dedicar com amor, para que obtenham o sucesso a que se propuseram. Devem colocar na obra o tijolo da compreensão, a massa da perseverança o cimento do respeito e a água do carinho. Juntos, derramarão o suor do esforço e erguerão as paredes da felicidade.

De uma coisa podemos estar certos; não existe relacionamento seguro e feliz realizado por um dos componentes apenas. Ele é realizado a quatro mãos, ou a dois corações, que se empenhem todos os dias, incansavelmente, na busca do êxito.

Casamento não é cabo-de-guerra, onde cada um puxa para um lado e busca vencer o adversário. Não, não é assim. A união significa um todo, ou seja, o mesmo ideal, os mesmos sonhos, as mesmas diretrizes, enfim a mesma estrada. Assim, o sucesso será de ambos, e da mesma forma a alegria, a cada obstáculo que se interpuser e for vencido.

Um fator preponderante na união conjugal é a cumplicidade. Isso não significa que não possamos, isoladamente, nos divertir com os amigos, ou mesmo nada fazer sem o outro. O que queremos dizer é que, em nossas diferenças de gostos, de lazer, ou mesmo compromissos sociais, não podemos ferir os interesses do casamento, que deverão, sempre, estar em primeiro lugar. Isso é fundamental.

Quando casamos não dizemos adeus ao mundo, e sim, à vida de solteiro, o que é diferente. Querer viver um relacionamento como se não o tivéssemos é, no mínimo, um grande passo para destruí-lo.

Há uma comparação que ilustra a diferença entre a condição de casados e de solteiros.

Quando solteiros, estamos em um barco sozinho a navegar pelo rio da vida. Podemos fazer o que desejarmos nesse barco; afinal, ele é só nosso.

Ao assumirmos o casamento, colocamos alguém nesse barco, e nossa parte passa a ser só a metade. Mas, mesmo sendo proprietários da metade, não podemos fazer um furo em nossa parte, pois assim o barco vai afundar.

Por isso, quando casados, precisamos mais que antes cuidar da embarcação, que traz agora outro tripulante sob a nossa responsabilidade.

É por isso que estamos certos de que, quando um casamento acaba, nem sempre a culpa é dos dois. Pode ser que um deles tenha resolvido afundar o barco, furando a sua parte.

Observemos que Marcos está fazendo um furo no seu lado da embarcação. O desastre é quase inevitável, a essa altura. Porém será muito triste, depois da catástrofe, ele mesmo observar que foi o náufrago que não sobreviveu ao remorso, à dor, ao fim.

Como acabará esse relacionamento?

Só ele poderá dizer...

Infelizmente, Marcos não está preocupado com o desfecho, que pode trazer conseqüências dolorosas.

10

A Cuidadosa

Casamento

Há mulheres que dizem:
Meu marido, se quiser pescar, pesque,
mas que limpe os peixes.
Eu não. A qualquer hora da noite me levanto,
ajudo a escamar, abrir, retalhar e salgar.
É tão bom, só a gente sozinhos na cozinha,
de vez em quando os cotovelos se esbarram,
ele fala coisas como "este foi difícil"
"prateou no ar dando rabanadas"
e faz o gesto com a mão.
O silêncio de quando nos vimos a primeira vez
atravessa a cozinha como um rio profundo.
Por fim, os peixes na travessa,
vamos dormir.
Coisas prateadas espocam:
somos noivo e noiva.*

Adélia Prado

---

* Folha de São Paulo, Folhateen, 09/06/97, poema de Adélia Prado.

• Extremismo

Pedro está saindo do trabalho. São dezoito horas.

Ele vai até à porta da loja em que trabalha e olha o tempo lá fora. Chove torrencialmente.

Como não tem outro jeito, decide-se a correr até o ponto de ônibus que, como sempre, está lotado de trabalhadores que voltam ao lar.

É uma pequena viagem até sua casa.

No entanto, ao chegar perto de seu lar, percebe que a chuva continua forte; ele salta do veículo e corre rápido até chegar à porta.

Ao ver que está pingando àgua, faz uma cara de tristeza e pensa:

— É hoje! Molhado assim, vai ter briga...

Pedro abriu a porta, tirou os sapatos e o paletó e entrou. Caminhou rápido para o banheiro, por onde passava deixava sinais de água pelo chão.

Ao ver aquilo, sua esposa Elisa gritou:

— Pedro, viu o que você fez?

— Já vou limpar, meu bem. Espere um pouquinho...

— Não vou esperar não!

Ele abre a porta do banheiro, e enrolado a uma toalha vai saindo e diz:

— Meu bem, tomei uma chuva forte. Desculpe-me, está bem?

Quando Elisa notou as roupas encharcadas ainda no chão do banheiro, gritou novamente:

— Relaxado! Você está pensando que sou sua escrava?

— O que é isso, Elisa? não penso isso não.

— Pois parece. Eu acabo com as minhas mãos limpando a casa e você chega fazendo essa bagunça?

— Desculpe-me...

— E a minha coluna? Ela já está torta, pois vivo a esfregar o chão e a limpar os móveis.

— Querida, tenha calma. Eu vou limpar o chão.

— Você não se importa com a nossa casa, isso sim...

— Eu me importo é com você. Não queria ver você como escrava da limpeza, mas...

— Mentira. Você quer é me ver trabalhando feito boba.

— Meu bem...

• • •

É inquestionável que, entre o asseio e a imundície, devemos ficar com o primeiro. No entanto, qualquer atitude que por acaso se aproxime do extremo, sabemos não ser conveniente e muito menos normal.

Até com as nossas necessidades indispensáveis, caso venhamos a exagerar, acabaremos nos tornando anormais, excêntricos, fanáticos ou obcecados.

Exemplo: é comum encontrar aqueles que têm a comida como idéia fixa; assim acabam sofrendo amargamente com o apetite incontrolável, além da obesidade.

Outros são obcecados por colecionar alguma coisa. Não percebem que passam a vida à procura de aumentar a coleção que, mesmo sendo imensa, nunca os satisfaz.

Ainda há aqueles que cultivam a paixão por um ídolo, e o que fazem por aquele ídolo torna-os ridículos diante dos outros; porém, os fãs nunca percebem isso.

Chegamos a conhecer uma senhora que a todo momento olhava-se ao espelho e, julgando-se suja, lavava-se várias vezes ao dia.

É aconselhável buscar o equilíbrio de nossas atitudes. Vigiarmo-nos para que aquilo que fazemos por obrigação, ou mesmo por descontração, ou até para descansar a mente e o corpo, não se torne com o passar do tempo a nossa primeira e quase única necessidade.

Todos nós temos uma tendência muito forte em transformar o lazer em necessidade, e quanto às necessidades primeiras, como o trabalho, o estudo, a disciplina e a educação, costumamos dispensar a mínima atenção possível.

Vejamos bem, pois o que é o vício? Sem dúvida, é

algo que se tornou prioridade em nossa vida. Sem ter o domínio da situação, com o passar do tempo ele comanda nossa vontade, e chega a nos levar a extremos desastrosos.

E o que é mais mania? Da mesma forma que o vício, é aquilo que se fez importante demais em nosso dia-a-dia, e sem percebermos, por menor que seja, ela faz parte de nossas vidas.

Por isso, acima de tudo, é necessário vigilância. Porém, como somos ainda muito atrasados, é perigoso essa própria vigilância se tornar radicalismo.

Alguém que deseja ser justo, por vigilância e querendo ser justo demais, pode se tornar duro de coração. Outro, por almejar a disciplina, transforma-se numa pessoa exigente.

Assim, em nossos gostos, preferências, escolhas e gestos, saibamos associá-los, sempre, ao equilíbrio que nos garantirá um proceder sempre aproximado da verdade. Além, é claro, de colocar em tudo a caridade ensinada por Jesus.

Qual é o problema de Elisa, a nossa personagem? É evidente que limpar a casa é uma necessidade; porém, sendo invigilante, ela permitiu que outros fatores, tão ou mais importantes que esse, ficassem relegados a segundo ou terceiro plano.

Será que o sentimento que a uniu ao esposo, aquele amor que os levou a se casarem, não deveria merecer mais apreço? O carinho de esposa deveria sobrepujar outras necessidades; afinal, em que casa nos sentiremos felizes se o nosso coração estiver empoeirado pelo descuido e pela desatenção?

Para uma boa convivência a dois, é de suma importância a casa em si, pois debaixo de uma árvore somente podemos nos amar enquanto somos namorados. Entretanto, dentre os inúmeros fatores indispensáveis para que nos sintamos felizes e realizados como marido e esposa, pensamos que os sentimentos estão em primeiro lugar.

Enfim, por amor se casa. E quem casa, quer casa.

Porém, pela casa deixaremos de amar? Estejamos cientes de que nem toda casa é um lar, pois o lar começa quando ambos cuidam do amor.

E como isso é possível? Teremos êxito limpando a sujeira do orgulho, lavando as manchas da vaidade, tirando o pó da comodidade, dando brilho à educação e polindo bem nossas palavras.

O chão de nossa casa deve estar sempre limpo, mas se a sujeira alcançá-lo, deixemos que a vassoura ou o pano limpem por nós. Não permitamos que o nosso relacionamento a dois faça isso, colocando o casamento no chão e o companheiro longe de casa.

Emmanuel, através de Chico Xavier, no livro "Encontro Marcado", nos alerta dizendo: "notamos os que arrasam a união conjugal em festas sociais permanentes e assinalamos os que a destroem por demasia de solidão.

Surpreendemos os fanáticos, principalmente muitas de nossas irmãs, as mulheres, quando se fazem mártires de vassoura e enceradeira, dispostas a arruinar o acordo geral em razão de leve cisco nos móveis, e somos defrontados pelos que primam no vício de enlamear a casa, desprezando a higiene."

• • •

Uma casa limpa e cheirosa mostra cuidado e carinho da esposa com as suas obrigações. Porém, não convém que esse procedimento sacrifique o ambiente íntimo do casal, conturbando o relacionamento.

O lar é um recinto sagrado, local onde podemos e devemos estar à vontade, principalmente para as manifestações de amizade e compreensão entre os cônjuges.

11

O Super Ocupado

Necessário e Supérfluo

(...) Deus conhece as nossas necessidades e a elas provê, conforme for necessário. Mas o homem, insaciável nos seus desejos, nem sempre contenta-se com o que tem. O necessário não lhe basta; ele quer também o supérfluo. É então que a Providência o entrega a si mesmo. Freqüentemente ele se torna infeliz por sua própria culpa e por não haver atendido as advertências da voz da consciência; e Deus o deixa sofrer as conseqüências, para que isso lhe sirva de lição no futuro". (...)*

Allan Kardec

---

* O Evangelho Segundo o Espiritismo, Allan Kardec, Cap. 25, item 7, tradução J. Herculano Pires, Editora EME, 1a. reedição 1996.

• Trabalho

Júlio chegou tarde da noite em casa. Beatriz estava dormindo, por isso nem se falaram.

Era comum isso acontecer. Ela já não o esperava como antigamente, pois nunca sabia a que horas ele chegaria.

Às vezes, ficava até à madrugada acordada, mas isso foi se repetindo até que não teve mais forças para continuar esperando-o, e assim dormia sozinha.

Não raro, logo pela manhã, ao levantar-se, ele já havia saído; dessa forma algumas vezes ocorreu de passarem até dois dias sem se falarem, a não ser por telefone.

Eram casados há dez anos, mas ela sentia que não houvera convivência nenhuma, pois ele jamais tinha tempo para a família.

E as crianças? Ah! Elas pouco falavam com o pai. Então, nesses encontros e desencontros, certo dia, logo pela manhã, ela lhe diz:

— Júlio, volte mais cedo hoje, está bem?

— Ah! Meu bem, hoje eu não posso. Tenho uma reunião

mais tarde e não sei quando irá terminar.

— Mas, Júlio, hoje é o aniversário da nossa caçulinha, você esqueceu?

— Oh! Beatriz, eu não me lembro de tudo não é? Desculpe-me, mas acho que não chegarei a tempo...

— Você nunca está em casa, nem mesmo para participar das festinhas de nossos filhos. Acho que você nem os conhece mais...

— Ora, não exagere. Trabalho tanto assim é porque me preocupo com o futuro deles. Só isso.

— Se preocupa com eles? Ora, não me diga. Você acha que o futuro deles se garante com o dinheiro que lhes deixarmos?

— Sim, acho. Bom, já estou atrasado. Até mais tarde.

— Júlio, já não suporto mais, pois vivo sozinha...

— Depois a gente se fala, está bem?

— Júlio...

— Tchau.

• • •

É comum nos dias de hoje, em nossa sociedade moderna, onde o consumismo é a base de tudo, a gente se envolver com a preocupação única de que temos obrigação de formar um patrimônio material estável para legar aos nossos filhos.

Sem dúvida alguma, se a vida nos permitir, é de bom alvitre que deixemos bens a eles. Porém o mais importante é que mesmo que isso venha a ocorrer, mostremos a eles o valor dos sentimentos nobres, das virtudes de um homem de bem, mesmo que esse homem não tenha tantos recursos; a nobreza do caráter honesto, e tantas outras virtudes mais importantes que o dinheiro.

Um homem desprovido de virtudes, seja ele um doutor, um engenheiro ou industrial, será sempre um profissional comprometido com erros de caráter, a dano da sociedade.

Apesar de nosso mundo moderno observar o homem pelo que ele tem em patrimônio, ainda assim julgamos que aqueles que convivem conosco na intimidade do lar nos amarão pelo que somos, não por nosso dinheiro. Se o mundo nos julga de uma forma, nossos familiares nos julgarão de outra.

Sendo assim, será que vale o esforço de uma vida sacrificada e sofrida para ajuntarmos bens materiais?

A vida é uma sucessão de dias que não voltam nunca mais. O que passou, passou. As oportunidades perdidas não poderão ser recuperadas. Voltar no tempo é impossível... A não ser por nossas lembranças.

Quando nos envolvemos no profissionalismo absoluto, sacrificando bons momentos que poderiam ser vividos junto à família, estamos perdendo as maiores alegrias que a vida nos oferece.

Poder participar dos bons momentos, mesmo que pequenos do dia-a-dia, fortalece-nos para os grandes embates que haveremos de enfrentar lá fora, além de crescermos espiritualmente nos verdadeiros valores da alma imortal.

É perigoso adentrar pela estrada do materialismo, principalmente quando sabemos que ela poderá nos levar à solidão no futuro, e lá, observar que somos vencedores, que ajuntamos riquezas, mas que elas são frias, não se comparam ao valor de uma pessoa que nos diz: "eu te amo", ou "gosto tanto de você, papai."

Afirmam alguns que trabalham tanto porque precisam deixar aos filhos um futuro melhor. Ou que tudo farão para que os seus filhos não passem pelas dificuldades que eles passaram.

No entanto isso são palavras irrefletidas, pois podemos questionar muitos fatos que talvez ocorram no futuro, senão vejamos:

— Não havendo uma correta educação, o dinheiro não contribuiria para a perdição dos filhos?

— Encontrando a riqueza com facilidade, eles dariam o devido valor?

— Não será esse patrimônio motivo de desarmonia familiar, chegando a desentendimentos extremos?

— A dificuldade na vida não é um fator de aprimoramento do ser?

— Dependerá do dinheiro para que tenham bom coração e se tornem honestas?

— O dinheiro não vai abrir portas para os vícios

dos nossos filhos?

Assim, não podemos julgar como indispensável um belo patrimônio deixado aos filhos. Existem outros fatores de alta influência em nossas vidas.

Emmanuel, por Chico Xavier, nos diz, no livro "O Espírito da Verdade": "Lembra-te, pois, de que todos somos ricos de alguma coisa ante o Suprimento Divino da Divina Bondade, e, usando os talentos que a vida te confia na missão de fazer mais felizes aqueles que te rodeiam, chegará o momento em que te surpreenderás mais rico que todos os ricos da Terra, porquanto entesourarás no próprio coração a eterna felicidade que verte do amor de Deus."

Outra questão importante e quase nunca percebida é o fato de que o futuro começa a ser formado hoje. Se desejamos um futuro brilhante aos nossos filhos, é indispensável moldar o caráter, a religiosidade, a moral e a bondade deles desde muito cedo, antes que seja tarde.

Assim, no convívio diário, corrigindo quando necessário suas imperfeições e incentivando com alegria seus acertos, estaremos preparando um verdadeiro "homem de bem" para o amanhã.

E isso não significa descartar o sucesso financeiro, pois devemos buscar o progresso sempre, mas sem dúvida alguma pode-se conciliar a profissão com a presença carinhosa em nosso lar.

Todos nós temos uma história particular. Estamos deixando, para sempre, as marcas de nossa presença aqui na Terra. E as pessoas saberão o que fomos e o que fizemos de bom para a família e a humanidade.

Será muito triste, se acaso pedirem aos nossos filhos, já adultos que falem um pouco do pai, esta resposta: "não tive convivência com meu pai", ou mesmo "nada lembro de bom vivido com meu pai". Temos certeza de que isso irá doer no fundo de nossa alma.

Nada supera a recompensa de uma família unida, em torno da amizade sincera e de um carinho mútuo entre todos.

Como é bom ver pais e filhos relembrando fatos engraçados, interessantes e até mesmo dramáticos, vividos por todos.

Deixemos aos filhos o que Deus nos permitir adquirir. Entretanto, saibamos que o maior patrimônio a eles deixado será o exemplo de bondade para com todos, a manifestação do amor ao próximo, a caridade para com os mais necessitados e o desprendimento aos bens terrenos.

Em nossa velhice, será emocionante olhar para trás e dizer a nós mesmos: "Cultivei alguns valores morais em meus filhos. Cumpri minha missão de pai."

Finalizamos com Meimei, no mesmo livro "O Espírito da Verdade", por Chico Xavier: "Um dia, que será noite em teus olhos, deixarás pratos cheios e móveis abarrotados, cofres e enfeites, para a travessia da grande sombra; entretanto, não viajarás de todo nas trevas, porque as migalhas de amor que tiveres distribuído estarão multiplicadas em tuas mãos como bênçãos de luz."

12

O Sexólatra

O Sexo

Sexo é doação sublime
Se quem faz é respeitado:
Tendo amor ele redime
Sem amor é rebaixado.

J.S.F°.

Coisas que edificam

"Todas as coisas me são lícitas,
mas nem todas me convêm;
todas me são lícitas,
mas nem todas edificam".*

Paulo (I Coríntios, 10:23)

---

* Novo Testamento, Paulo, Carta aos Coríntios I, 10:23.

• Intimidade

Dona Dalva chega apressada à casa de sua filha Lúcia. Ao abrir a porta, ela abraça a mãe demoradamente, e ao afastar-se chora, não escondendo todo o seu sofrimento.

A mãe emociona-se ao ver a filha daquele jeito, mas com esforço lhe diz:

— Tenha calma, minha filha. Sou sua mãe e aqui estou para ajudá-la.

— Oh! Mamãe, eu a chamei até aqui para conversarmos um assunto de extrema delicadeza... Espero que me compreenda.

— Pode contar comigo, minha filha. Afinal, sempre fomos muito unidas. Fale, por favor.

Depois de enxugar as lágrimas, em soluços Lúcia pergunta à mãe:

— O que eu faço do meu casamento? Eu e Túlio estamos em um clima insuportável...

— Mas, o que aconteceu?

— Mamãe, eu nunca lhe falei nada por se tratar de um assunto muito íntimo. Entenda-me, por favor. O Túlio é um inveterado sexual. Para ele só existe o sexo. A vida se resume em sexo, a qualquer hora e de qualquer jeito...

— Oh! Meu Deus...

— E o pior, ele jamais se preocupou comigo, pois exige coisas que não quero fazer, que me desagradam e que não acho certo... Agora, está afirmando que tenho um amante, só porque evito ter relações com ele... Mas, o que eu faço se o sexo já não me traz prazer, e sim desgosto? Mamãe, o Túlio é indelicado, bruto e não se importa com o que eu sinto durante as relações... Ele só pensa nele...

— Minha filha, vocês já conversaram abertamente sobre esse assunto?

— Conversar, não. Nós só brigamos, porque ele diz que o casal que não combina na cama não vive feliz. Ele me acusa de quadrada, quando não faço o que ele exige. Mas, o que ele quer e do jeito que ele faz, é impossível. Está tudo acabado, mamãe... Apesar do amor que sinto por ele...

— Tenhamos calma, filha...

— Calma? Como ter calma? Acabou, mamãe... Acabou...

• • •

Todos nós sabemos que no casamento o que é de ordem divina é a união dos sexos. Contudo, não podemos, de forma alguma, vulgarizar ou menosprezar essa "entrega" que duas pessoas permutam em um relacionamento íntimo, onde ambos desnudam não somente o corpo, mas também a alma.

Se o sexo é Divino, é natural que receba de nossa parte um cuidado muito especial. E por ser algo tão especial, o carinho e a delicadeza deverão presidir aqueles momentos sagrados, onde repartimos nossas emoções mais fortes.

Muitos de nós não aprendemos a lidar com os sentimentos mais nobres, por isso acabamos por destruir essas peças delicadas que fazem parte de um jogo de longa duração. Sim, porque talvez venhamos a conviver com nosso cônjuge por muitos anos...

Então, é de suma importância colocarmos os valores da união conjugal em seus respectivos lugares, cada qual ocupando uma relativa importância.

Assim, perguntamos: dentro desse conceito, em nosso casamento o sexo deve ocupar o primeiro lugar? Não, não ocupa. E por mais estranho que possa parecer, também não está em segundo lugar.

Que importância, então, teria o sexo no matrimônio? Para descobrir, é necessário ir um pouco além das satisfações da matéria, buscando outras fontes de prazer.

Ao encontrar essas outras fontes descobriremos, surpresos, que são elas que sustentam, que dão vida, que encantam, enfim que sublimam nosso ato sexual.

Nós não somos máquinas. Nem fantoches ou escravos dos desejos e paixões. Portanto, é preciso pensar e agir como seres humanos que somos.

Em uma união conjugal existem dois seres que se

amam primeiramente, para depois se relacionarem. Assim, no ato sexual o que deve nos impulsionar é o sentimento, ou seja, o amor e não o prazer absoluto.

Sim, pois caso contrário estaremos agindo tal qual animais, que têm relações sexuais como nós, porém entre eles não existem o amor, somente o instinto ou o desejo da matéria predominando.

Não podemos usar o sexo irresponsavelmente, ou como fazem os animais...

No livro "Religião dos Espíritos", Emmanuel, através de Chico Xavier escreveu que "o sexo é a energia criativa, mas o amor necessita estar junto dele, a funcionar por leme seguro."

Quando pensamos somente no ato sexual, fica a impressão de que colocamos o sexo na cabeça e o pensamento lá embaixo. É lamentável quando não percebemos que nossas alegrias no sexo são dependentes de nossos sentimentos divinos. A harmonia com nosso parceiro está intimamente ligada à felicidade que desfrutamos a dois.

A satisfação sexual, então, vem depois do amor, do respeito, da delicadeza e da fidelidade para com o nosso cônjuge. Seria tolice imaginar que a relação sexual acontece somente naquele momento de entrega íntima...

Não, não! Para que aconteça o clímax daquela hora, é necessário começar cedo, ao dar o bom-dia. E, durante o dia, entre um diálogo e outro, deve prevalecer o carinho até a chegada da noite, quando ambos buscam o aconchego do quarto após um dia bem relacionado. Assim, ao se unirem, irão extravasar os mais belos sentimentos guardados no coração.

Naquela hora tão íntima, o que deverá existir em ambos é o amor, e não os ressentimentos. É a entrega, e não a desconfiança. A liberdade, e não a exigência. A vontade, e não a obrigação. A delicadeza e não a força. A cumplicidade, e não a concorrência. O prazer, e não o desgosto. Enfim, o respeito, e não a humilhação.

• • •

O que fazer para conseguir tudo isso? É possível ao casal encontrar um ponto comum, tornando-se feliz no sexo e, por conseguinte, no casamento?

Depois de tudo isso afirmamos, sem receios, que é possível. Mas, acima de tudo, devemos partir do princípio de que teremos êxito no sexo se formos felizes no casamento. Não é ter relação sexual para ser feliz, mas sim, ser feliz para ter relações íntimas.

Um casal feliz, sabe com jeitinho, conquistar a paz, a harmonia e a melhor forma de se realizar no sexo. Com certeza o casamento trará a satisfação sexual, quando existirem esses ingredientes.

Porém, após essas atitudes, é importante também utilizarmos alguns estímulos atraentes no dia-a-dia. Estímulo é aquele tempero gostoso que ambos utilizam a fim de saírem da rotina, que todos nós estamos sujeitos.

Uma roupa íntima adequada, uma surpresa agradável, palavras carinhosas, fins de semana fora do lar, são gestos estimulantes que agradam e mantêm vivo o desejo de ambos de se entregarem de corpo e alma.

O sexo realizado com amor nos trará grandes alegrias. Sem amor, deixará imensas frustrações.

13

O Casal Perfeito

Vida Conjugal

"Assim também vós, cada um em particular, ame a sua própria mulher como a si mesmo, e a mulher reverencie o seu marido" *

Paulo. (Efésios, 5:33)

Completista

(...)

"— Meu amigo, que significa a palavra *'completista'*?"

— É o título que designa os raros irmãos que aproveitaram todas as possibilidades construtivas que o corpo terrestre lhes oferecia. Em geral, quase todos nós, em regressando à esfera carnal, perdemos oportunidades muito importantes no desperdício das forças fisiológicas. Perambulamos por lá, fazendo alguma coisa de útil para nós e para outrem, mas, por vezes, desprezamos cinqüenta, sessenta, setenta por cento e, freqüentemente, até mais, de nossas possibilidades. Em muitas ocasiões, prevalece ainda, contra nós, a agravante de termos movimentado as energias sagradas da vida em atividades inferiores que degradam a inteligência e embrutecem o coração."(...)**

André Luiz

---

* Novo Testamento, Paulo, Carta aos Efésios, 5:33.

** Missionários da Luz, André Luiz (Francisco Cândido Xavier), Editora FEB, p. 169, 21a. edição.

• Harmonia Conjugal

É possível encontrar na Terra um casal perfeito? Um par feliz, em que cada um, com as suas possibilidades, complete o outro sem exigências, sem ferir e magoar?

Podemos dizer que um casamento perfeito pressupõe a união de duas pessoas perfeitas. Porém, isso é impossível aqui em nosso mundo, ainda tão atrasado espiritualmente.

No entanto, não obstante os defeitos que ainda predominam em nossa sociedade, sabemos de casais que vivem muito bem e gozam de uma relativa felicidade, já que a felicidade total só conheceremos em outro Mundo, conforme nos disse o Cristo.

Esses casais felizes são pessoas comuns que lutam com dificuldades profissionais, familiares, e até mesmo íntimas, porém possuem o firme propósito de alcançarem a paz junto ao cônjuge e com as pessoas que os rodeiam.

Então, é possível encontrar a harmonia no casamento?

Sim. É possível.

Pelo menos alguns itens importantes para o êxito da união conjugal foram destacados, nas páginas deste volume despretensioso.

Acrescentemos ainda que o começo de tudo é nos conscientizarmos de que, assim como eliminamos o amor, também o cultivamos. Devemos empreender esforços rumo a essa plantação que será cultivada dentro de nós, em nosso coração, todos os dias, com carinho e atenção, respeito e tolerância.

A harmonia conjugal é obra de compreensão e respeito mútuo.

O casal feliz é aquele que encontra tempo para amar. As horas divididas a dois somam muito, na estabilidade emocional de ambos. Os cônjuges que não têm tempo um para o outro viverão em mundos diferentes, particulares, e quase nada realizarão juntos. Quando isso ocorre, depois de alguns anos serão dois estranhos que vivem sob o mesmo teto, unidos apenas por um papel, sem que se amem verdadeiramente.

Matrimônio feliz é aquele que tem por base o amor e a amizade sincera.

• • •

Outro fator importante para a felicidade conjugal é a cumplicidade. Esse sentimento deverá alcançar todas as situações da vida. Isso significa gostar do jeito do outro, admirar suas realizações, vibrar com seus acertos, perdoar seus erros, empenhar-se em seus projetos, sofrer com as suas dores, repartir as derrotas, enfim, serem unidos de verdade. Quando o casal se une de verdade, as vitórias acontecem mais facilmente. E mesmo que haja derrotas, as lágrimas derramadas serão motivos para levá-los a encarar a oportunidade sem culpas e acusações.

Casamento não é constituído por adversários, mas se isso ocorrer, a melhor forma de recuperar a união é tornar o outro nosso amigo e parceiro.

• • •

Não devemos, no casamento, lutar a fim de impor somente a nossa vontade, para satisfação do nosso ego. Ao contrário de vencer, é preferível que os dois saiam vencedores.

Precisamos, também, descobrir a alegria de doar e não somente receber. E se nos casamos é para fazer o outro feliz, também.

Casal feliz é aquele que se doa mutuamente.

• • •

Enfim, podemos enumerar vários outros ingredientes, para que obtenhamos a felicidade conjugal, mas certamente com amor acharemos nossos próprios caminhos e conseguiremos êxito em nossa convivência.

Basicamente saibamos que, informados de todas essas virtudes, nada obteremos sem que elas sejam colocadas em prática, incansavelmente, até os últimos dias de nossa convivência a dois.

Devemos acreditar, sempre, que poderemos ser felizes.

É com essa finalidade que aqui estamos.

E seremos, se assim o quisermos.

O Autor

JAMIRO DOS SANTOS FILHO, nasceu a 15/05/55 em Anápolis, Goiás, e logo depois sua família mudou-se para a cidade mineira de Araguari, onde ele reside até hoje e é proprietário de uma loja de discos.

O casal Jamiro e Luci Peixoto dos Santos tem duas filhas: Marcela e Patrícia.

Tornou-se espírita em 1982, e é um dos fundadores do Centro Espírita "Nosso Lar", cujas atividades se iniciaram em 1986.

Juntamente com dois companheiros de ideal, Jamiro abriu em 1990, a Livraria Chico Xavier, em Araguari.

É presidente da Aliança Municipal Espírita de Araguari, desde 1992.

Participa ativamente do Movimento Espírita do Triângulo Mineiro, atuando em palestras, congressos e outros encontros.

Jamiro é autor de algumas peças teatrais e também

gosta de fazer versos, embora afirme que se trata de trabalhos modestos.

Colaborou no Jornal Perseverança, e no livro de mesmo nome, autoria de Públio Carisio de Paula; publicou pela EME em 1996, a obra "Histórias de Minha Infância" de interessantes contos Infanto-Juvenis; em março/1997, o livro "Naquela-Sexta Feira" de contos e poemas sobre a crucificação do Cristo.*

* Dados atualizados em 11/97.

O Ilustrador

DANILO ROBERTO PERILLO é natural de Ourinhos-SP (11/10/75). Reside em Capivari, tendo morado em Rafard de 1978 a 1988.

Desde muito cedo já se destacava, desenhando em sala de aula, e com 9 anos de idade recebeu sua primeira premiação, num concurso promovido pelo Banespa.

Estudou na EEPSG Pe. Fabiano (Capivari). Em 1994, ano em que prestou o serviço militar, foi aprovado no vestibular da Faculdade Marcelo Tupinambá (São Paulo), mas não se matriculou.

No ano seguinte passou nos vestibulares da *UNESP* e da *UNICAMP*, sem nunca ter feito cursinho.

Fez o curso de Desenho e Roteiro de História em Quadrinhos (Escola de Artes de Campinas - IDE), ministrado pelo prof. Ricardo Giassetti Neto.

Participou do Seminário Internacional *A ARTE NA CONDIÇÃO CONTEMPORÂNEA,* promovido pelo

Instituto de Artes da UNICAMP.

Tem enviado trabalhos para o Salão Internacional do Humor (Piracicaba) e Bienal Internacional do Humor (São Paulo).

É autor do cartaz promocional da XIV Semana de Ciências Agrárias de Lavras (MG).

Atualmente, cursa o 3º ano de Artes Plásticas na UNICAMP.*

---

* Dados atualizados em 11/97.

Conheça os bons lançamentos do ano

Um Novo Amanhecer
Espírito: Rita de Cássia (Médium: Marli Simões Fabris)
Romance perfeitamente ajustado aos aspectos doutrinários do Espiritismo, retrata as trajetórias de vários espíritos em processo de aprendizado, enfocando episódios dramáticos de suas vidas, nos dois planos.
Ficam demonstradas as graves conseqüências que o espírito chama para si, ao entregar-se a reações de ódio e vingança, em contraponto com a força do amor, que a tudo vence e tudo harmoniza. ***Ariovaldo Cavarzan***

14x21cm • 212 p.

Vida e Renovação
Clayton B. Levy
Vida é sinônimo de renovação
Renovam-se as células nos organismos,
Renova-se o ar na atmosfera,
Renovam-se as águas dos mares e dos rios.
Tudo é renovação, prometendo mais vida dentro da vida.

Uma obra mediúnica com mensagens de Bezerra de Menezes e outros destacados espíritas de Campinas-SP

14x21cm • 140 p.

Verdades da Vida - *J. B. Garcia*
A maioria dos fatos aqui contados surgiu ao longo dos trabalhos mediúnicos de desobsessão e cura, realizados na Instituição Hospitalar Grupo Valerium, de Ribeirão Preto. Mas não somos um laboratório de pesquisas frias: conceituamo-nos uma oficina de caridade mediúnica, cujo desiderato, em nome do Amor ao próximo, é ajudar pessoas "vivas", vitimadas por um dos maiores flagelos da humanidade, que é a obsessão, com seu elenco de danos morais e materiais provocados por espíritos *desencarnados* ("mortos") e, muitas vezes, também *encarnados* ("vivos"). ***O Autor***

14x21cm • 196 p.

Eterno Amor e outros Contos
Adail Cardoso Barbosa
Contos são como passeios a uma localidade vizinha, uma ida ao parque, um momento de descanso, às vezes, da difícil realidade.
Um conto se encaixa bem em qualquer tempinho que sobra. E se for bem escrito, tem a capacidade de nos envolver e nos conduzir a novas maneiras de enxergar o próprio mundo real!
Estes contos de Adail Cardoso Barbosa são assim mesmo, mostrando como os conceitos espíritas podem aclarar nosso raciocínio e fazer com que entendamos melhor o que acontece em nossas vidas.

13x18cm • 102 p.